일흔둘의 고백

장화순 제2시집

시음사
시사랑음악사랑

시인의 말

2019년 첫 시집 발간
그리고 2024년 두 번째 시집 발간
아주 가끔은 삶의 끝이 이 밤이면 좋겠다는
생각으로 보내는 밤이 많았다
작고 어두운 컴퓨터라는 네모난 공간에 갇혀 있는 마음
그 마음에 말간 햇살을 보게 해주고 싶고
그때그때 변하는 나의 변죽 마음도
빛을 보게 하면 좋을 것 같아 2집을 생각했다

또 해보지 못한 사랑을 동경하는 마음도 함께
찬란한 빛의 세레나데로 빛나길 바라기도 하면서
일흔둘 고백은 상대성 없는 고백이다
상대성 있는 사랑보다 더 아름답고 행복한 고백이다
라고 나는 생각한다
나를 사랑하고 나를 안아주며 나를 다스릴 줄 아는
온전히 나로 살고자 하는 고백이다
나를 대신해 줄 이 어디에도 없기에

시인 장화순

QR코드 스마트폰으로 QR 코드를 스캔하면
시낭송을 감상할 수 있습니다

 본문
시낭송
감상하기

 제목 : 그 여자의 가슴은
시낭송 : 장화순

 제목 : 기다림에 말 없는 사랑
시낭송 : 김혜정

 제목 : 백색 소음
시낭송 : 장화순

 제목 : 사랑의 유서
시낭송 : 장화순

 제목 : 일흔둘 고백
시낭송 : 장화순

 제목 : 집시 사랑
시낭송 : 장화순

 제목 : 깐딱 고개
시낭송 : 장화순

 제목 : 부표
시낭송 : 장화순

 제목 : 아름다운 눈물이어라
시낭송 : 박영애

 제목 : 운명의 보따리
시낭송 : 장화순

 제목 : 끝은 있으려나
시낭송 : 장화순

 제목 : 삭히다
시낭송 : 장화순

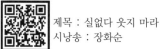 제목 : 실없다 웃지 마라
시낭송 : 장화순

 제목 : 어찌 너뿐이겠는가
시낭송 : 장화순

제목 : 여보게
시낭송 : 장화순

제목 : 유혹의 길
시낭송 : 박영애

 제목 : 티켓
시낭송 : 장화순

제목 : 하얀 숲의 영혼
시낭송 : 장화순

 제목 : 광목 앞치마
시낭송 : 장화순

 제목 : 꽃등
시낭송 : 장화순

 제목 : 비밀의 정원
시낭송 : 장화순

제목 : 주전자
시낭송 : 최명자

제목 : 흰여울 마을
시낭송 : 장화순

 제목 : 태동
시낭송 : 장화순

 본문 시낭송 모음 1

 본문 시낭송 모음 2

영상은 YouTube 정책 또는 운영 관리에 따라 삭제될 수도 있습니다.

시인은 자연을 이야기하고 시낭송가는 자연을 품었다
글자는 날개를 달아 언어로 날고 소리는 자연에 눕는다

* 목차 *

* 목차 *

* 목차 *

* 목차 *

12월의 장미

참고 참으려 했고
사랑은 기다림이 있다는 것을 압니다

그러나 보고 싶고 보고 싶어
줄달음으로 달려왔습니다

하얗게 눈송이 휘날리는 날
당신을 가슴에 묻어두고 싶어 왔습니다

기다림 후의 달콤한 사랑도 행복이겠으나
보고 싶을 때 볼 수 있는 사랑이면 좋겠습니다.

가로등

밤새 눈 부릅뜨고 비탈길 지키는 가로등
미명의 어둠 안고 안개 빗속을 걷는 이
임을 대신해 길을 밝혀 주고

안개비 때문인가 수은등 불빛 때문인가
애써 기다리지 말라며 떠나는 뒷모습 멋짐을
수은 불빛에 아롱아롱 맺어주고

석양빛 조용히 살라 먹는 밤이 되면
또 하나의 아름다운 사랑을 만들고
또 다른 사랑의 외로움을 안고

밝아오는 여명 그 빛 살라 먹기 전
다소곳한 새벽바람 품속의 꿈
오늘 밤 또 어느 임을 사랑할까?

가문 사랑

홍수에 출렁출렁 떠내려가는 수초
이리 기웃 저리 기웃 기웃거리다
어딘가에 걸쳐져 말라버리는
아픔이란 그런가 보다
간간이 잊히는 것인가 보다

마음속 광주리 좁고 좁아
담아둔 사랑 광주리 골 사이로 빠지기도 하지만
당신이 찾아오면 좋겠다 잊기 전에
마음에 문 살며시 두드리면 열릴 것을
마음에 오는 것은 아무도 볼 수 없으니

한바탕 소낙비 같은 사랑이어도 좋을 텐데
그러나 넌 내 마음을 모르니 에둘러
심심한 차 한잔에 사랑 너를 넣고
달콤한 설탕도 한 숟가락 첨가해 음미한다
사랑의 갈증 해소를 위하여.

가슴에 묻힌 꿈

여자로 태어나고 싶어 태어난 여자도 없을 것이고
남자로 태어나고 싶어 태어난 남자도 없을 것이다

육 남매 맏딸 출가외인이 될 때까지
싫어요 안 할래요 한번 못 해봤다
부모님 말씀을 하늘처럼 따르고 살았기에

중학교에 가고 싶다고 한 그 말에
돌아온 아버지의 말씀
네 밑에 남동생이 넷이다

열세 살 어린 심장에 꽂힌
파편과 상실의 조각들
뽑히지 않고 지워지지 않아
지금도 가슴을 콕콕 찌르고 있다

산산조각 좌절로 멀어져 간 꿈
도전하라고 지금도 할 수 있다고
그 꿈은 지금도 꿈틀대며 심장을 뛰게 한다.

굴뚝

앞산 능선이 노을빛에 젖어 드는 시간
엄니의 부엌에서
탁 타 다 닥 탁탁 생솔가지 타는 소리 나면
굴뚝에서 파란 연기 스멀스멀 피어나고

까만 가마솥 누런 보리 밥물 넘치면
아궁이 잔불에 엄니의 손맛 강된장
뚝배기에서 보글보글 끓는 냄새
엄니의 밥상이 차려지고 있다는 무언의 손짓

숨바꼭질에 잊고 있던 배고픔
강된장 냄새에 꼬르륵 요동치는 뱃속
갓 버무린 콩밭 열무에 강된장 넣어 비빈 꽁보리밥
입안에서 요리조리 굴러 열무만 씹어 꿀꺽 삼켜야 했었지

지붕 위로 살짝 솟아 스멀스멀 연기 피우던 굴뚝
역사의 유물이 되어 사라져 갔고
뿡뿡 잦은방귀를 뀌게 하던 꽁보리밥
건강식 별미가 된 요즘

어느 산사 뒤편 굴뚝에 아련한 그리움이 솟는다.

14

그 길에서

투명한 나신 들어낸
호젓한 호수가 길을 걸을 때
윤슬의 물결은 함께 가자 하고

화려하게 피워낸 꽃의 기다림
오시는 임의 가슴마다 사랑을 담아주니
넘치는 행복한 웃음 호수 위에 맴돌지만

맞추지 못한 퍼즐 한 조각 꽃잎으로 맞추어
멍울진 사랑 하나 훨훨 날려 보내며
또다시 걸음을 재촉하는 저 나그네.

그 밤 독백(獨白)

묵묵히 그 자리에 있어 주는
사람이 있다면 얼마나 행복할까
그 설움 알기까지
오랜 세월이 필요하지 않았다고 했다

어느 날 저녁 속이 몹시 아플 때
물 한 잔 소화제 한 알 건네줄 사람 없다는
고요한 외로움 알기까지
오랜 세월이 필요하지 않았다고 했다

세파에 휘둘린 몸 삭정이 되었을 때
힘없는 손 잡아 주며 괜찮은가
물어봐 줄 사람 없다는 외로움 알기까지
오랜 세월이 필요하지 않았다고 했다

삶의 끝이 어디까지 일지 알 수 없지만
바라고 바란다 단잠의 꿈속에서
생의 끈을 놓을 수 있기를 빌고 빌었다고 했다

그 여자의 가슴은

그 여자의 가슴은
맑고 맑은 호수 하나 담고 산다
작은 꽃잎 하나 노을빛에 흔들려
윤슬로 번지는 호수를

그 여자의 가슴은
깊고 깊은 심해의 고요를 담고 산다
별똥별 하나 떨어진 하얀 선에
파르르 떨리는 심해를

그 여자의 가슴은
해맑은 심장 하나 묻어두고 산다
하늘에 핀 별꽃과 마음에 핀 사랑 꽃으로
신비한 사랑을 일으키는 심연을

그 여자의 가슴은
풍랑을 일으킬 수 있는 심해의 가슴을
작은 꽃잎 하나 별똥별 하얀 선 하나
하늘에 핀 별 꽃과 마음에 핀 사랑 꽃으로
심연에 일렁이는 파도를 다독다독 다독이며 산다.

제목 : 그 여자의 가슴은
시낭송 : 장화순
스마트폰으로 QR 코드를 스캔하면
시낭송을 감상할 수 있습니다

그곳에서

그곳에 이른 봄을 위한
작은 몸짓이 시작되고 있었다
너무 작아 혼자는 빛을 낼 수 없어 함께 모여
빛을 내는 은하수 별들의 몸짓 같았다

꽃과 잎이 만나지 못하는 상사화의 아련함
사모하는 마음 들키지 않으려 애써 감추는
소녀의 수줍은 가슴처럼
설레는 마음 흰 구름에 살짝 얹어 배시시 웃는다

첫사랑인 줄 몰라 당황했던 그 마음처럼
왜 가슴이 뛰는지 몰랐던 그때처럼
산수유 그 작은 꽃잎 소녀의 아련한 미소
꽃으로 피어나고 있다.

그래, 그랬던 것이리라

네가 조금 부족하고 허전한 것은
자신을 조금 나누어 다른 달의 모자람을
채워주지는 않았을까

더 욕심을 내는 달에게
서슴없이 저를 내주고
조금은 모자란 듯 허전한 듯하나
빙그레 웃고 있지 않을까

산꼬대 바람으로 휑하게 비워진 속
조금 이른 꽃바람으로 따듯하고 아름답게 채우라는
사랑으로 배려하는 마음의 2월은 아닐까
그래서 조금은 허전한 2월의 마음은 아닐지?

그리움

시도 때도 없는 그리움
노랗게 뭉쳐져 터질 것 같아
살짝 비치며 얇아진 가슴 숨기고
하얀 미소로 피었습니다

철없던 까치 머리 우정
웃을 때 보이던 그 애의
하얀 잇속이 그리워
하얗게 피었습니다

자꾸만 커지는 그리움
산 아래 고향 마을은
그리움을 피웁니다
자꾸만 피워냅니다.

기다림에 말 없는 사랑

까맣게 어둠이 내려앉은 밤
달님은 검은 구름에 홀린 듯 빨려 들었다
안간힘 다해 구름을 밀쳐내고
살며시 고개 내밀어 웃는다

살며시 마음 안에 든 사랑
누구에게 들킬지 졸이는 마음
바람이 빼앗아 갈까 별님이 샘낼까
달빛 아래 가슴을 웅크려 앉는다

누구에게도 보여주지 않으리라
언제인지 모르게 마음에 깃든 사랑
그 사랑을 그에게도 보여주지 않으리라
내가 행복한 달맞이 사랑이다.

제목 : 기다림에 말 없는 사랑
시낭송 : 김혜정
스마트폰으로 QR 코드를 스캔하면
시낭송을 감상할 수 있습니다

댓돌

사랑방 앞 토방 위 댓돌에
하얗게 고무신 닦아 세워두면
살며시 찾아올 임이시여
임께서 사랑방 마루 깊숙하게 찾아 들면
할아버지 기다란 담뱃대
나들이하며 허허허 너털웃음 웃고
댓돌 위 하얀 고무신
연둣빛 사랑으로 물들었지요.

무겁지도 가볍지도 않은 중량으로

그 사람의 나이 숫자로 달린다는 인생 열차

종착역에 도착하면 또 다른 시작이라고 하는데
아직 오지 않은 새로운 것의 기대
종착역에 도착하기 전 한 해의 일들을 정리해야 할 것 같다

버릴 것은 무엇인지 취해야 할 것은 무엇인지
너무 버려 깃털 되어 내가 휘청거리면 안 되고
버리지 못하면 땅속으로 꺼질 것 같아 생각이 깊어진다

버리고 취해 마음을 반쯤은 비워 둬야겠다
무겁지도 가볍지도 않은 중량의 깃털이 되어
새로운 것과의 만남이 즐겁고 행복하도록 말이다.

백색 소음

여름 태양이 놀고 간 옥상 바닥
해 질 녘까지 이글이글 끓어오르고
어머니의 손길 멎은 옥상 장독대 간장은
뜨거운 햇살에 더 까맣게 익어가고
고추장은 검붉게 짙어지고 있다

잔자갈 깔아놓은 마당은 쏟아지는 햇살을
품어 안고도 뜨겁지 않다는 듯 태연하고
담장 밑 어머니의 꽃 작약은 꽃잎 떨구어
초록 잎새만 무성히 살랑살랑 흔들리고 있다

집 뒤 낮은 산 흔들리는 잡초 소리
저 먼 곳의 개 짖는 소리
저 멀리 있는 냇가의 물소리
들리지 않지만 그 소리마저 들릴 듯하고
물총새 포로롱거림의 노랫소리도 들릴 듯하다

적막한 시골집 옥상에서 바라보는 밤하늘 풍경
이따금 지나가는 자동차 소리에 놀라 깜박이는 별들
여름밤 모깃불 연기 속으로 숨어들던 그때
모기 물리지 않게 조심하라던 어머니의 걱정이 잔소리 같던 그때
시골집 옥상에서 꿈속 같은 백색 소음에 나를 맡겨본다.

 제목 : 백색 소음
시낭송 : 장화순
스마트폰으로 QR 코드를 스캔하면
시낭송을 감상할 수 있습니다

24

백일의 사랑

붉게 피었습니다
당신을 향한
그리운 마음으로

보고 있어도 알지 못합니다
느끼지도 못합니다
나의 사랑을

바쁜 일상의 당신을 보며
설레고 뛰는 가슴이지만
떠나는 뒷모습에 아린 마음

백 일 동안만
당신을 사랑할 수 있는
여린 가슴이랍니다.

보고 싶다

마지막 열정을 내뿜고 있는 늦가을
은행잎 쌓인 그곳에 조심이 맨발을 올려본다
서걱거릴 것 같았는데 촉촉하다
내딛는 발길이 은행잎 닮을 것 같다

계절은 겨울을 향해 한 걸음 발을 떼는데
아직은 가을 사랑이 남아 있는 그곳
발가락 사이 파고드는 서늘함이 좋고
푹 익은 가을 냄새가 좋다

늦가을 닮은 당신이 보고 싶다.

비단옷 차려입고

비단옷 곱게 차려입고
솔바람 길 수놓으며 걷고 싶었는데
마른번개 치듯 옆구리 툭 치고 들어온 너

피우지 못한 그 꽃망울 어찌하나
애끓는 심장의 아픔 어찌해야 하나
안타까움에 눈시울 붉어졌고

겨울 삭풍 이겨낸 모진 생명력
마른 가지에 눈 틔운 애틋한 연정
가슴에 묻어둘 꿈이었구나.

사랑의 유서

코끝 싸하게 찬 바람 부는 언덕에
미련 많은 무덤이 수북수북 쌓여
아픈 사랑 노래 부르고

더 높은 곳으로 날지 못해 널브러진 영혼
풀어내지 못한 한 많은 가슴
시나브로 삭아지길 기다리고

여름 한낮 뜨거웠던 가슴
산마루에 걸린 석양빛 같은 가슴
가을 유서가 되어 촉촉이 눈가를 적시고

널브러져 있는 저 단풍잎 영혼들
그대와 내가 다가서지 못한
먼발치의 사랑은 아닐까?

제목 : 사랑의 유서
시낭송 : 장화순
스마트폰으로 QR 코드를 스캔하면
시낭송을 감상할 수 있습니다

이유 있는 눈물

장맛비처럼 내리는 겨울비
쓸쓸함과 외로움 더해지고
우산 아래 바쁜 발길들

밖을 내다보던 무심한 마음
이유 없는 눈물
가슴을 더 깊이 가라앉게 하고

생각은 겨울비 속에서 헤매고
이유 없는 듯 이유 있는 듯
흐르는 눈물

앙상한 겨울나무 가지
비에 젖어 늘어진 잎새 하나
낯익은 걸음걸이를 찾는 중

일흔둘 고백

죽기 전 꼭 가고 싶었던 곳 중학교 늦깎이 예순여덟에
대전 예지중고등학교 입학
고등학교까지 다닐 수 있는 행운 중 행운
첫사랑 소망보다 더 간절했던 소망이 이루어졌다

그리고 일흔둘 나는 지금 대학 1년생
세상이 나를 위해 돌아가는 것 같고
세상이 나를 위해 존재하는 것 같은
진정 나만을 위한 삶이다

일흔둘 나는 내 안에 나에게 말한다
그토록 원하고 바라던 것을 이루었으니
내게 남은 삶은 나를 사랑하는 삶으로 살자고
그래서 일흔둘 고백은 진정 행복한 고백이다.

 제목 : 일흔둘 고백
시낭송 : 장화순
스마트폰으로 QR 코드를 스캔하면
시낭송을 감상할 수 있습니다

장날

가끔 꿈틀거리며 뒤척이다
다시 꿈결 속으로 빠져드는
곰 같은 숙면이었다

긴 숙면에서 깨어난 날
보이는 모든 곳은 봄을 파는 봄날의 장터였고
놀란 심장은 갈팡질팡 갈 곳을 잃었다

꽃잎 닮은 봄 햇살에 손을 씻고
꽃비에 악수를 청하지만
꽃비는 수줍은 몸짓으로 살랑살랑 가버린다

하늘하늘 날듯 가버린 꽃님
섭섭한 마음 달래며 상글상글 돋은 발로
꽃비 쏟아지는 꽃길을 걸어본다.

진상(震傷)

갖가지 비바람의 심술 뙤약볕까지
봄부터 여름까지 잘 버텨와
오곡 백화 풍성한 가을 들녘 바라보며
농부는 오만 가지 꿈을 꾸는데
가을비는 기어이 일을 내고 만다

가을비 진상에 농부의 꿈 조각난다
논바닥에 널브러진 벼를 보고
떨어져 나뒹구는 과실을 보며
농부의 한숨은 하늘을 찌르고
가슴속 울화는 땅을 치며 탄식한다

가을비는 진상이다
가을 태풍은 더 진상이다
농부에게 가을비 가을 태풍은
저승사자보다 더 두려운 존재다.

푸딩처럼

그림을 배우겠다 준비한 물감들
기초 배우다 방치한 물감 돌덩이 되었고
색깔도 변색되어 버려야 할 것 같다
돌아보지 않은 내 탓이다

사랑도 돌아보지 않으면 변하리라
그래서 가끔은 사랑하느냐 묻고 투정 부릴 때
살며시 안아 등을 토닥토닥 사랑한다고 말하자
변해버린 물감처럼 퇴색하지 않도록 말이다

사랑도 하얀 도화지와 같을까
하얀 도화지 물감으로 곱게 채우듯
사랑도 곱게 채색해 간직하는 것이 좋겠지
말랑말랑 푸딩처럼 달콤한 사랑으로

집시 사랑

옷깃 한 번 스치지 않을 인연인 줄 알았고
지나쳐 가는 원시 별이라 생각했기에
말을 건네 보지 않았고 건네 보려 하지 않았습니다
뭉게구름처럼 피었다 사라지는 먼 곳 원시별
기억하지 못하고 사라져가는 성간 물질 같은
인연이라 생각했습니다

그런 그대가 내 안에서 웃고 있습니다
생각지 않으려 해도 떠오르는 그대는
어느 은하계의 집시였는지 모릅니다
집시로 떠돌다 그 마음에 빛이 차올라
초신성의 폭발처럼 폭발한 순간 한 줄기 빛으로
내 안에 안착했는지 모릅니다

사랑하기로 하였습니다 이유를 달지 않고
미명의 새벽하늘에 빛나는 샛별처럼
빛나는 사랑을 하겠습니다
난 이미 그대를 따라 원시 별이 되었고
그대라는 은하계의 집시가 되었으니까요
그대를 사랑하다 성간물질처럼 사라진다 해도
그대를 사랑하겠습니다

그대를 사랑하겠습니다.

제목 : 집시 사랑
시낭송 : 장화순
스마트폰으로 QR 코드를 스캔하면
시낭송을 감상할 수 있습니다

35

허공을 맴돌다

내가 가니 네가 오는 것이 아니고
네가 가니 내가 가는 것이 아닌
자연의 순리 따라가는 것

내가 세월을 따라가는 것이 아니고
내가 세월 속으로 스며드는 것이 아닌
세월이 나를 따라다니는 것이고
세월이 나에게 스며드는 것

세월이 세월의 흔적을 남기지 않는다면
세월은 직무 유기를 하는 것
세월이란 존재 가치가 없는 것 그러니
세월은 숨이 차도록 나를 따라다니는 것

바짓가랑이 휘파람 소리 나도록
바쁜 내 삶에 기웃거리며 비집고 들어와
괜한 질투와 억지를 부려 세월은
저를 돌우려 하는 것

내가 소멸하면 세월도 소멸할 것이고
내가 없으면 세월도 없을 것이니
세월은 죽자 살자 나를 따라오고
나의 허허로운 웃음은 허공을 맴돌 뿐이다.

흑장미

사랑을 드리고 싶어 왔습니다
오직 하나뿐인 임께
내 고운 순정 드리려
부드러운 입술 수줍은 눈빛
빨갛게 물든 선혈의 사랑을

임을 찾아왔습니다
내가 살아 있는 시간까지
임께서 원하시는 만큼 마음껏
사랑을 드리려
임의 사랑으로 꺾어진들 어쩌리오
그것 또한 임의 사랑인 것을

당신의 거친 숨결과 따뜻함이 공존하는
그 품에 안기어 잦아들고 스며들어
잠들고 싶은 붉은 입술 흑장미
당신을 기다립니다.

그리움의 그림자

몇 억 년을 숨어 왔을까
고이고이 간직한 수줍은 미소 아름답고
참고 참아 뻗어 내린 긴 그리움의 그림자
한 방울 눈물로 촉촉이 젖는 마음

화려한 레이스 커튼 같은 아름다움
어둠 속에 감추고 부챗살같이 펼쳐진 그리움
얼마나 더 기다려야 우리의 사랑
손가락 끝에 닿아 품어 안을지

동굴 속 종유석 굽이굽이 사이사이
깊이를 알 수 없는 숭고한 사랑은
그렇게 오랜 기다림이 있어
긴 그리움의 그림자 되었나!

깔딱 고개

앞산 뒷동네에서부터
걸어 걸어서 깔딱 고개 넘어오는
숨찬 햇살 퍼지면 웃음이 번진다

겨우내 들어내지 못하고
가슴앓이 하더니
기어이 일을 저지르고 말았다

발바닥 저 밑에서부더
꿈틀거리면 요동치며 참았던 웃음
기어이 터드리고 말았다

생강꽃이라 불리는 작은 가슴이
오밀조밀 산수유 노란 가슴이 깔딱 고개 골짝에
해맑은 웃음을 터트리고 말았다.

제목 : 깔딱 고개
시낭송 : 장화순
스마트폰으로 QR 코드를 스캔하면
시낭송을 감상할 수 있습니다

40

달그림자 쫓는 밤

무엇인가에 쫓기듯 간다
금방이라도 넘어질 듯 비틀거리며 무작정
부족했던 사랑을 채워주고 싶다는 생각 하나로

찾을 수 없는 곳인 줄 알면서
후줄근히 새벽이슬에 젖어
베갯잇에 얼굴을 묻고 이를 앙다물 것을.

또다시 소망을

어제 한 해 마침표를 찍고
또 한 해의 첫발을 디디고 선 아침
"늙어 감을 익어간다"고 하는
허울 좋은 그 말에 속아 웃는다

나이 한 살 더 보탬이 되는
매년 첫날 첫 마음은 설렘으로 꿈틀거리고
이루어지지 않을 꿈이라도 꾸어 보는 것
삶의 기로에 서서 마음 다잡기 위함일 것이다

그렇게 매년 속으면서 속는 줄 알면서
하나라도 이루어지기를 바라는 마음 있기에
창 넘어 붉게 비치는 태양빛을 보며
나로 인한 인연의 고리 소망이 이루어지기를 간절히 바란다.

몰랐습니다.

입김이 하얗게 하늘로 향하는 날
그대를 이렇게 그리워할 줄 몰랐습니다
그대가 이토록 보고 싶어질 줄 몰랐습니다

그대의 코트 주머니 속 포근한 꼼지락거림이
군고구마같이 부드럽고 달콤한 사랑이
이렇게 그리움이 될 줄 몰랐습니다

갓 구워낸 고구마 노란 속살에
그대가 있을 줄 몰랐습니다.

몽환의 전시

총천연색 몽환적 무대의 전시관
조심조심 사뿐사뿐 걷는다
돈은 필요 없다
신용카드는 더더욱 필요치 않다
사랑만 있으면 된다

정말 대단하다 감독은 누구지
어떻게 이처럼 웅장하고 화려하게 만들 수 있지
궁금해하면서 마음에 드는 장면을
가슴으로 안아 주면 될 것이다
너무 예뻐서 안아 줄 수밖에 없을 것이다

그대를 대한민국 전시관으로 초대한다
자연이라는 감독이 만들어낸
환상적인 무대 그대 발길 머물고
탄성을 자아내고 가슴 설레는
여긴 대한민국 가을 전시관이다.

물돌이 마을

굽이굽이 굽이돌아 흐르고 흘러 쌓인 모래톱
다지고 다져진 땅 위 내성천 옆 물돌이 마을
승천을 위해 용이 헤엄쳐 올랐다는 전설의 회룡포
모래톱에 차곡차곡 꿈이 쌓여라

내성천은 꿈을 꾼다 21세기용의 승천을
끈임없이 흘러 굽이도는 물줄기처럼
세상의 역사가 이어지듯 내성천 옆
향석길 역사도 이어지고 이어지리라

구멍 숭숭 철판 뽁뽁이 다리를 건너야 만나는
조용하고 아늑한 물돌이 마을 향석길
아름다운 돌담길과 유순한 사람들 정도
오래도록 이어지길 바라는 마음이어라.

물잠자리

학의 날갯짓 닮고 싶고
고고한 송정을 닮고 싶은 맘

찔레꽃 순정의 사랑
수려한 물잠자리 투명한 날갯짓 같은 사랑

반짝이는 자수정 물빛 같은 맘
새끼손가락 걸며 깔깔거리던 우리의 빛나던 시절

다시 갈 수 없는 너무 먼 곳까지 와버려
기억만이 그 시절을 찾아 나선다.

별똥별

하늘은 더 높고 더 파래지고
수줍어 볼 빨간 단풍 볼은 더 빨개지고
노란 은행잎은 더 노래질 것이며
언덕 위 반짝이는 은빛 억새 꽃은
사랑을 부르는 손짓이 되리라

모퉁이 구석에 쌓인 낙엽은 바람결에
더 슬픈 노래가 되어 구를 것이고
까만 밤 별빛은 시인의 마음 따라
은하수 유성처럼 한 줄 시어가 되어
별똥별처럼 흐르리라.

보랏빛 사랑

보랏빛 꽃 후두둑 떨어진 자리
다닥다닥 참깨 송이 여물어 가고 있다

자드락 참깨 밭고랑 풀 뽑다
딸을 보고 환한 웃음으로 왔냐 하시는 아버지
여름살이 땀으로 흠뻑 젖어있고
얼굴에 맺은 굵은 땀방울 가슴으로 흘러내린다

뜨거운 여름날 물 한 바가지 퍼부어
목물하듯 쏟아진 땀방울들
숭얼숭얼 참깨 송이로 오달지게 맺었고
아들딸 나눠줄 참사랑으로 키워낸 참깨 송이가 보랏빛 사랑이다.

부표

풍요 속의 빈곤처럼
시끌벅적한 곳에서도
아무것도 들리지 않는
섬이 되어 떠다닌다

바다가 아닌 버스 안
천장에서 흔들리는 부표를 잡고
어깨와 어깨가 스치는 곳에서도
섬이 되어 떠다닌다

통유리 창안 마네킹처럼
주입한 말만 되뇌는 무표정한 로봇처럼
외롭고 쓸쓸한 섬이 되어
부표 없는 가슴으로 난 떠다닌다.

제목 : 부표
시낭송 : 장화순
스마트폰으로 QR 코드를 스캔하면
시낭송을 감상할 수 있습니다

49

삼강 주막에 핀 꽃

자네 한 사발 나 한 사발 기울인 잔
비록 보약은 아닐지라도
우리가 나눈 담소의 즐거움이
보약이 아니고 무엇이겠는가

배추전과 부추전 안주는
미약하다 하겠지만
막걸리 한 잔에 핀 웃음이
보약이 아니고 무엇이겠는가

우리가 삼강 주막에서 피운 꽃은
황금으로도 살 수 없는 꽃
행복의 꽃이요 순수의 꽃이니
이 또한 보약이 아니고 무엇이겠는가.

숙명

땅딸이라 했죠
그런데 너무 예쁘고 귀엽다 했죠.
나와 눈을 맞춰주는 당신의 그 고운 눈빛
난 참 행복합니다

나도 당신의 눈높이에 맞추고 싶은데
나도 파란 하늘과 좀 더 가까이하고 싶은데
나도 무심한 발길에 스치는 꽃이 되고 싶지 않은데

어쩌면 이것이 나의 숙명이겠죠
낮은 곳 여기서 주어진 그리움 안고
오직 당신의 사랑을 기다리는
키 작은 나의 숙명입니다.

숨 쉬는 동안

마지막 날이란 말은 하지 않겠습니다
난 지금도 사랑으로 가득한
뜨거운 가슴이 남아 있으니까요

우리에게는 아직도 한 달이란
날들이 남아 있고
30이란 숫자가 남아 있어요

나에겐 아직도 당신을 사랑할 수 있는
30일이 남아 있어 행복하니까
그 12월에 우리 새로운 꿈을 꾸어요

새날의 새 날개를 달아
지치지 않을 날갯짓으로
희망이라는 사랑을 찾아요.

시인과 시월

시인이 가을과 시월을 만나면
시인은 가을 속으로 걸어가
세상은 온전히 시의 세상이 되고
시인은 분신인 시와 한 몸 되어
가을과 시월 속으로 사라지리라.

숨

내가 할 수 있는 것이 없었다.
응급실에서의 아버지 숨은
금방이라도 끊어질 것 같았고 그 숨소리를
듣고 있는 내 숨도 멎을 것 같았다

그런 아버지께 아무것도 해 줄 수 없다는 무기력함
이 무기력함이 더욱 나의 숨을 옥죄는 것 같았다

병실 밖 풍경은 오월을 노래하며 평화롭고 따사로웠지만
저 평화가 저 따사로움이 얄밉다는 생각이 들고
그 시각 파란 하늘이 차라리 세차게 소나기라도 쏟아져 내리면
좋겠다는 것은
뒤틀린 내 심사일 것이다

오늘 꽃이 꽃으로 보이고 파란 하늘이 높고 아름답다
는 느낌은
아버지 당신이 살며시 짓는 미소를 볼 수 있고
어눌하지만, 당신의 말소리를 들을 수 있다는
안도의 한숨일 것입니다

고맙고 고맙습니다.
감사하고 감사합니다. 아버지!

아름다운 눈물이어라

그랬습니다. 그대를 보는 순간
그대의 포로가 되어야 했고
가던 길을 멈추어야 했고
무작정 마음을 열어야 했습니다

비에 젖어 파르르 떨리는 눈썹 끝
영롱한 빛에 포로가 되어
내 가슴도 파르르 떨어야 했고
그 수줍은 미소에 심장마비라도 된 듯
심장이 멈추어 버리는 줄 알았습니다

그렇게 사랑으로 머물던 그대
한 방울 또 한 방울 눈물이 되어
한 겹 두 겹 가슴에 쌓여 가는 그대는
정녕 아름다운 눈물입니다.

제목 : 아름다운 눈물이어라
시낭송 : 박영애
스마트폰으로 QR 코드를 스캔하면
시낭송을 감상할 수 있습니다

아침 윤슬

어둠을 걷어내고 솟아오르는
해를 품은 바다의 윤슬이 되고 싶어라

사랑하는 그대와 바다 위 살금살금 걸어
두 몸 한 몸 되어 윤슬을 닮고 싶어라

바다의 신은 우리를 용서할 수 있을까
우린 정말 윤슬이 될 수 있을까
영원한 곳의 우리는 무엇이 될까?

애환의 꽃

자비의 꽃이 피었습니다
초록 잎 위에 따듯한 미소로
맑은 냇가 윤슬에
연등 꽃 곱게 비추며

세상의 아픔을 내게 가져오라고
높은 나뭇가지에 피어
하늘 높이 날려 보내
너희의 마음을 평화롭게 하겠다고

가지마다 매여 있는 자비의 꽃
배려와 사랑 비워서 채우라는
부처의 뜻 자비를 세워
인간사 애환의 인연을 사랑하라고.

연락처

이것을 언제부터 사용했지
참으로 신기했던 물건이었는데
옆에 없으면 좌불안석이 된다

연락처를 뒤져본다 참 많은 연락처
그런데 없다 있어야 할 이름과 번호가
왜지 왜 그렇지 그랬구나 그렇구나

손전화 없는 세상을 살았고
손전화 없는 세상에서 살고 있겠고
문명의 이기를 모르겠구나 그 사람은

운명의 보따리

하얗게 너스레 떨며 내게 오는 너
오래전부터 지금까지
우연과 필연 그리고 스쳐 지나가는 인연

풀어 헤쳐야 할 보따리 속 사연
후 ~ 두 ~ 둑
마른 잎 털어내듯 털어내지 못해
지고 가야 할 운명의 보따리

산다는 것 살아간다는 것
아귀다툼의 흔적도 있지만
사람과 사람 사이 피어나는 온정
웃음과 웃음 사이 스며드는 사랑

인연은 그렇게 매듭지어져 어울리다
지어진 매듭 꽃잎처럼 떨어지면
모든 것 풀어헤쳐 떠나야 할 운명의 보따리

제목 : 운명의 보따리
시낭송 : 장화순
스마트폰으로 QR 코드를 스캔하면
시낭송을 감상할 수 있습니다

필명 동백이

동 ~ 동녘의 붉은빛 꿈으로 품고
　　한겨울 모진 바람에 피워낸 꽃이다

백 ~ 백약이 필요 없는 예쁜 사랑으로 살며
　　세상사 미련 두지 말고 아픔도 갖지 말자

이 ~ 이 세상 소풍처럼 왔다가는 삶 외마디 비명도 없이
　　애증의 강 건너기를 소망하는 필명 동백이다.

헷갈리는 시절

봄은 서두르고 겨울은 늦장을 부리고
계절이 바뀌는 시기에는 사람도 식물도
헷갈리고 있다

이제 봄인가 하고 여민 옷깃 느슨하게 풀면
늦장 겨울은 옷깃을 여미라 호령하니
어느 장단에 춤을 추어야 할지 알쏭달쏭

여기도 예쁘고 저기도 예쁜데 어느 한쪽에
환호하며 박수를 보낼 수도 없고
굿이나 보고 떡이나 얻어먹을까?

혼

아홉 살 아이가 서산에 걸친
노을을 닮아가는 나이로 살아도
그 빛의 선명함을 잊을 수 없다

마른 솔잎 활활 타오른 불꽃이
굴뚝을 타고 하늘로 날아가
산마루에 걸린 햇살에 잦아들었을까
그 노을빛은 왜 그리 붉고 아름다웠는지

형용할 수 없었던 그 빛은
마른 솔잎 타오른 불 담의 혼이라
아이는 생각했었는데
정말 그랬을까?

황간역

간이역엔 적막이 맴돈다
한여름 팔월 대낮에

유리창 넘어 기차표를 파는 역무원 한 분과
어디를 가는지 모를 젊은 사내 한 사람이
오래된 소파에서 핸드폰을 보고 있는 간이역

나만이 느끼는 고요함일까
적막감이 맴도는 이곳이 참 좋다.

흩어지는 메아리

웃으며 수다를 떨고 난 뒤
찾아지지 않을 언어의 흩어짐
유영처럼 떠돌아 허공을 맴돌고
머릿속은 하얗게 비워진다

정체를 알 수 있을 것 같으면서도
알 수 없어 헤매는 그림자 하나 떠돌 때
흩어지는 메아리를 찾아 한 줄 빛을 찾아
공허한 가슴은 허우적거린다.

3월의 보너스

다소의 불협화음이 있어도 괜찮은
좋은 사람들과 곡주 한잔하는 밤
꽃샘바람 따라온 하얀 눈
마음과 마음을 이어준다

추억을 먹고 사는 노년의 가슴
버리지 못해 묻어둔 여린 사랑
슬그머니 비집고 나와
눈꽃 따라 하얗게 흩날리고 있다

희디흰 그 얼굴 위로 내려앉았다
가슴으로 스며들던 그때처럼
가로등 불빛 아래 3월의 보너스 하얀 눈
꽃잎처럼 흩날려 품 안으로 스며든다.

끝은 있으려나

짧은 순간 공포와 두려움에 하얗게 질렸을
가슴 가슴들이 침묵으로 처연한 곳
하얀 묘비 사이사이 구석구석에서 비집고 새어 나오는
설움의 소리가 있다

어금니 꽉 깨문 입술 사이로 튀어나오는
목에 걸린 울음이 하늘로 솟구치고
속으로 삼키는 한숨에 가슴앓이 있어
그곳 유월의 녹색 숲은 설움에 흔들린다

이제는 놓아주자 묘비를 붙잡고 울지 않으려
목울대에 힘을 주는 아버지의 굽은 등에서
어머니의 주름진 가슴골에서
통한의 눈물이 흐르고 흐른다

이 아픔들 끝은 있으려나
이 아픔의 소리 멎을 날 있으려나
먹먹해지는 마음에 두 손 가슴에 얹고
꼭 그런 날 있기를 바라며 하늘을 본다.

제목 : 끝은 있으려나
시낭송 : 장화순
스마트폰으로 QR 코드를 스캔하면
시낭송을 감상할 수 있습니다

내 사랑은

키 작은 들꽃같이 낮은 곳에서 피는
사랑이면 좋겠다
힘센 바람 불어오면 잠시 흔들려 휘어졌다
다시 일어서 꺾이지 않는

낮은 곳에서 살짝 흔들리는
별꽃처럼 채송화처럼 제비꽃처럼
낮은 곳에서 온유하게 사랑을 키울 줄 아는
이름 모르는 낮은 들꽃 키 작은 사랑

그런 사랑이면 좋겠다.

돌탑

살을 에는 영하의 날씨 캄캄한 밤
그는 돌탑을 쌓고 또 쌓고 있을 것이다

그 여인이 몹시도 그리운 날
가로등 불빛 아래 어둠의 그림자를 안고
가버린 여인을 향한 속울음을 울고 있을 것이다

건너지 말아야 할 강을 건너 버린 여인
신은 그의 생각에 머물지 않았다
신은 그의 사랑에 머물지 않았다

마치 그녀를 보는 듯
그녀를 만지듯 그녀를 마주 보고 웃듯
하나 또 하나의 돌에 자신의 영혼을 불어넣어 탑을 쌓
을 것이다

살려달라 애원하던 여인의 눈빛 떨쳐내지 못하고
싸늘하게 식어버린 그 영혼을 위한
애틋한 사랑을 담아 탑을 쌓고 또 쌓고 있을 것이다.

벌써

언제 그리 되었나
하얗게 떠나야 할 그날

함께 갈 수 없고 한곳에 머물 수 없지만
너와 나 잊지 않으리라

어느 한순간 따스하게 웃어주던
엷은 그날의 그 미소

훌훌 날고 날아 어디든 가야 하는
우리는 민들레 씨앗이다

후후 바람이 불어온다
따듯한 임의 입술 바람이

봄호

순수함으로 꿈꾸는 소녀의 꿈처럼
상앗빛으로 빛나는 소년의 꿈처럼
문학을 꿈꾸는 어느 여인과 어떤 사내의 설렘이
아련한 환상의 색으로 채색되어
대한문학세계 봄호라는 이름으로 나에게 왔다

심장에 매달려 떨어지지 않던 선홍색의 꿈
맑은 수옥(水玉) 눈빛에 담긴 언어의 꽃
그림쟁이 자유분방한 손끝 터치로
화려한 비상의 날갯짓을 위한 문학의 꿈 꽃비가
여인의 머리칼에 치맛자락에 실려 봄호라는 이름으로
나에게 왔다.

봉선화

그대 오시지 않아
붉게 핀 가슴 차마 떠나지 못하고
무서리 내리는 산중 길가에
우두커니 서 있습니다

시월의 끝자락 가을밤
총총히 별을 안고 조각달을 안고
무심인지 사랑인지 모를 빛으로
나를 보고 있습니다

몸서리쳐지게 싸늘한 밤
당신이 그리워지고 보고 싶어
시월의 봉선화 가슴
새벽이슬에 촉촉이 젖어 울고 있습니다.

사탕 나라

솜사탕 나라 구경하러 가지 않을래
솜사탕 나라에는 토끼도 기린도 하얀 양 떼도
먹보 돼지도 달콤하고
그리고 무지하게 무서운
호랑이와 악어도 달콤하고 말랑말랑하다니
어때 가 보고 싶지

덩치 큰 코끼리는 폭신한 침대 같고
귀여운 다람쥐와 기우뚱거리는 오리
모두가 솜사탕으로 되어 있대
마음 파란 아저씨가 그랬어
친구들 많이 놀러 와도 된다고

솜사탕 나라 동물들은
아주 달콤한 친구들이라고 하니
난 솜사탕 나라로 소풍 가고 싶은데
얘들아 함께 가자 솜사탕 나라로 소풍을...

삭히다

그래 넌 그렇게 가고 있다

덜컥 아픔을 던져주고
은근한 행복도 안겨주며
온갖 몸짓의 표현으로
제 흔적 남기며
슬쩍 바람에 얹어 간다

손가락 사이 바람 스치듯 가는
거부할 수 없는 삶의 여정 속
몸과 마음은 고자 배기 같은
삭정이 되어 가고 있다

이제 더는 너에게
나를 묻어 두지 않으리라
이제 나에게 맞는 방정식을 찾아
내 몸과 내 마음에 맞는 영양식으로
너를 삭히려 한다

살아온 날보다 짧아진 삶 앞에
더는 말 없는 너에게 나를 맡기지 않고
아주 간절한 소망으로
내 방식대로 하루 또 하루를 삭히려 한다.

제목 : 삭히다
시낭송 : 장화순
스마트폰으로 QR 코드를 스캔하면
시낭송을 감상할 수 있습니다

새벽 넋두리

꿈과 소망을 주고
사랑의 서사시를 읊조리게 하고
달콤한 첫사랑 키스를 하게 하고
어느 밤 모닥불에
청춘을 불태우게 하던

꿈도 소망도 이제는 희미하고
사랑의 서사시도 부질없고
달콤한 첫사랑 키스도 아스라이 먼
어느 그 밤 모닥불
청춘은 한낱 꿈이었고

깨어나지 못한 어둠 짙게 깔린 새벽
미련을 버리지 못한 하늘에
가슴의 상처 훤히 드러내고
떠도는 걸음걸음마다 달랑달랑
따라 걷는 새벽달

함백산에서

아차 잘못 들어선 산행길
흐린던 하늘은 기어이 소나기를 쏟아내고
이름 모른 하얀꽃 빗줄기에 흔들린다

쏟아진 소나기에 수정 같은 빗방울
송알송알 맺은 꽃
허리굽혀 꽃을 안은 여인
꽃이 여인인지 여인이 꽃이인지 알 수 없는 길

아차 잘못 들어 잠시 맺은 인연의 길
여인의 발걸음 머물게 한
그 길은 사랑의 길이었고
행복의 길이었다

실없다 웃지 마라

노인의 사랑을 실없다 웃지 마라
한때는 청춘의 사랑이 있었고
청춘의 사랑 아픈 추억으로
대롱대롱 절벽에 매달려도 봤다

노도와 같은 세월 온몸으로 받아
그 많은 아픔 견뎌낸 몸부림의 흔적
삶은 그런 것이라 터벅터벅 살아온 노인
그 노인은 이제야 참된 사랑을 나누고 있다

활활 타오르는 뜨거운 사랑은 아니다
손끝만 스쳐도 얼굴 붉어지는 사랑도 아니다
마주 보는 눈빛에 마음 데워지는 사랑이다
주름 골 깊어진 가슴 마주 앉은 사랑이다

젊어 잡았던 것들 내 것이 아니라 썰물인 듯 빠져나가고
최고의 사랑으로 키운 자식들 하나둘 둥지 틀어 떠난 자리
구석구석에 외로움만 쌓이고 쌓여 허무만 맴돌고
그 허무함은 가슴 아프게 하고 절규하게 하더라

노을 닮은 사랑으로 잡은 두 손을 보며 실소하지 마라
잦아드는 노을의 사랑이 얼마나 아름다운지 모르는 청춘이여
얼마나 간절한 사랑인지 모르는 청춘이여
노년의 사랑을 주책이라 말하지 마라.

제목 : 실없다 웃지 마라
시낭송 : 장화순
스마트폰으로 QR 코드를 스캔하면
시낭송을 감상할 수 있습니다

어찌 너뿐이겠는가

사랑의 부재
지금껏 살면서 가질 수 없었던 것이
어찌 너뿐이겠는가 이 세월 살아오면서
내 몸인 나 자신도 오롯이 가져보지 못했는데
중년이 지나고 노을 진 인생으로 접어들어
지워지지 않을 삶 한 묶음 그리움으로
너를 묶어 둔다

묶어둔 그리움 뒤로 진한 젊음의 숲
더 짙은 그리움의 그림자 커져만 가고
그 진한 젊음의 숲 가질 수 없이
나무이어야 하고 언덕이어야 했기에
그 숲에서 소리 내어 울지 못하는 새 되어
바람 닮은 하늘을 바라보며
꾹꾹 눌러 삼키는 울부짖음으로 속울음 울어야 했다.

제목 : 어찌 너뿐이겠는가
시낭송 : 장화순
스마트폰으로 QR 코드를 스캔하면
시낭송을 감상할 수 있습니다

여보게

오늘 자네와 나 나란히 발을 맞추어
잘 닦아진 검정 아스팔트 길 걸으며
진달래 따 먹어 변한 보랏빛 입술을 보고
손가락질하며 배꼽 빠지게 웃었던
그 시절 이야기가 맛있는 보약 중 보약이었네

뱃가죽이 등줄기에 달라붙어
찔레순으로 배고픔 달래던 얼어 죽을 놈의 가난
신작로 옆 누구네 밭에서 어린 가지 따 먹다 들켜
걸음아 날 살려라 달리면서도 마주 보며 히죽거리던 날
그날 기분은 쓰디쓴 익모초즙보다 더 쓰디쓴 기분이었지

여보게 우리 살아가는데 뭐 뾰족한 수 있던가
뭐 특별한 보약이 있던가
오늘 우리가 울기도 웃기도 하며 나눈
망향의 담소가 보약이 아니겠는가
안 그런가 여보게

제목 : 여보게
시낭송 : 장화순
스마트폰으로 QR 코드를 스캔하면
시낭송을 감상할 수 있습니다

81

예닐곱 살 신랑 각시

지천으로 토끼풀꽃 흐드러지게 피고 있다

기계독 잔뜩 머리에 얹고 쓱쓱 옷소매에 콧물 닦으며
삐뚤삐뚤 꽃목걸이를 엮고 꽃반지 만들며
하늘도 파랗게 웃게 하던 그 계집아이들 그 머슴애들
지금은 나처럼 잔주름 자글자글하려나 그때의
예닐곱 살 아이들 다 어디쯤 숨어 있을까

서로 손가락에 토끼풀 꽃반지 묶어주고
삐뚤삐뚤 엮어진 감 꽃목걸이 걸어주며
이렇게 하면 혼인하는 거라고
이제 우리는 신랑 각시라고
이다음 나이 먹어도 신랑 각시라 하며 까르르 웃던
예닐곱 살 아이들 지금은 어디서 무엇을 할까

꽃 반지 꽃가루 되어 날아간 자리
아득하고 아련한 그리움으로 눈시울 붉어져
토끼풀 꽃 핀 들에 앉아 꽃반지 만들어 보지만
손가락 내미는 아이들 없고 해맑은 웃음만 공중에 맴돌아
예닐곱 살 신랑 각시들 보고 싶은데 다 어디로 갔을까

예닐곱 살 신랑 각시들은 잘 살고 있을까?

오만하지 않을 사랑을

보석도 아닌 것이
보석보다 더 반짝인다
오월을 빛내는 연녹색 잎사귀
여린 빛 흔들림의 세상
모든 것이 오월의 빛만 하여도
세상은 넉넉함으로 살 만할 텐데

처음 시작의 초심을 잊지 않았다면
우리의 아픔은 덜했을 텐데
초심을 잃은 마음은 추풍낙엽 되고
다시 연녹색 오월 앞에서 꿈을 꾼다
처음처럼 다시 시작할 사랑을
오만하지 않을 사랑을

옥룡산을 보다

그곳에 오라 하는 이는 없었다
마음이 그곳으로 향해 달려갈 뿐
마음에 하얀 설원을 그리며 갔다
설원의 옥룡 설산으로

설산이라 했는데 설산이 아니다
여름이라서 그런 것이겠지
기대했던 마음이 살짝 내려앉았다
하늘처럼 솟은 그 산에 설원은 없었다

직접 갈 수 없어 맞은편에서 바라본
옥룡산자락에 남은 얼음 같은 만년설은
공해의 흔적인지 거무죽죽한 모습으로
서늘한 가슴을 드러내고 있었다

4,680고지에서 본 옥룡 설산은
웅장하고 신비로웠지만
기후의 변화를 서러워하듯
운무의 긴 하품만 토해내고 있었다.

유혹의 길

탑정저수지 구석구석
웃음으로 피어난 꽃잎에
수정으로 맺은 새벽이슬
송알송알 그리움의 노래 부르고

자맥질하는 작은 꽃잎
유혹의 손짓 유영(游泳)에
나그네 가슴 괜스레 흔들려
짐짓 아닌 척 모른 척 멈칫멈칫 서성서성
꽃잎과 눈 맞춤한다

아침 윤슬에 빼앗긴 마음
저수지에 내려앉아 하루를 노닐다
산등성 노을빛에 놀라
하늘은 그제야 아쉬운 이별을 한다.

제목 : 유혹의 길
시낭송 : 박영애
스마트폰으로 QR 코드를 스캔하면
시낭송을 감상할 수 있습니다

임 오시는 길

새벽안개 배어드는 산사
솔잎 끝 이슬방울 풍경소리 울리고
큰 스님 새벽 예불 소리
동자승 승복 자락에 잦아든다

사락사락 도포 자락 이슬에 젖으니
임 오시는 길 밝혀주는 하현달
산사 석등마다 불 밝혀
자비의 꽃으로 피어난다.

초야(初夜)

이토록 가슴 설렘이 있었는지
온몸 저리도록 떨림의 희열
나만이 간직할 너의 모습이다

신비로운 상고대 청순한 모습
초야의 밤 떨리는 가슴처럼
부끄러움은 나의 몫이었다

매섭고 매서운 칼바람에 핀 꽃
시린 손끝 통증 아픔에
눈으로 가슴에 담았다

상고대 하얀 순결의 꽃을

티켓

내 뜻은 아니었으나
사람으로 살라는 티켓 하나 받아들고
삶이라는 높고 낮은 길을 걸어왔고 여기 서 있다

숨이 턱까지 차오르는 고갯길 올라섰지만
앞이 보이지 않는 안개 길이 가로막고 있어
귀한 티켓인 줄 알지만 반납도 하려 했지

한 번만 더 넘어 보라고 작달막한 솔의 손짓
높은 곳 보지 말고 채우려 말고 아래를 보라고
천천히 돌아 유유히 바다로 가는 저 강을 보라고

고갯길 올라선 바람도 나지막이 귓불에 속삭이며
마음을 비우고 가볍게 다시 한번 날아보자고
반환점 없는 생이니 순리대로 살아보자고

제목 : 티켓
시낭송 : 장화순
스마트폰으로 QR 코드를 스캔하면
시낭송을 감상할 수 있습니다

품 안의 바람

산모퉁이 돌아 돌아서
품 안으로 파고드는 바람은
봄바람이라고 했다

겨우내 낙엽 아래 웅크리고 숨죽인
한 알 씨앗의 품속으로 파고든 바람은
따듯한 속삭임으로 노래한다

이제 봄이라 어서어서 일어나라고
일어나 꿈속에 접어둔 날개를 펼쳐
소망의 노래를 부르라고 귀띔해 준다

파고드는 바람에 조금씩 아주 조금씩
가슴을 여는 소녀의 작은 가슴도
복사꽃 같은 사랑을 피우려 한다.

필연

영원할 줄 알았는데
너와 나의 사랑은
노랗게 변해가는 네 모습에
난 그냥 울 수밖에

안녕이란 말은 해줄 수 없다
기다린다 말도 하지 않겠다
우연을 핑계로 우리는
필연이 될 테니

전화

가을로 가는 길목의 하늘
맛깔스러운 솜사탕을 셀 수 없이 많이 크게 만들고 있다
솜사탕 만드는 기계가 얼마나 클까
껑충 뛰어올라 물어봐야 할 것 같다 하늘에게
에 ~ 이 그냥 전화해 보자

저 여보세요 파란 하늘이죠
저 ~~ 어 궁금해서 그런데요
어떻게 솜사탕을 저렇게 크게 만들 수 있죠
숨넘어가겠다고 천천히 물어보라고요 ㅎ

네~ 에 ~~ 뭐라고요
솜사탕 기계가 커서 그런 것이 아니라
아~네 아 ~ 아 그렇군요
마음이 넓고 파래서
하얀 솜사탕을 많이 만들 수 있군요

그러면 나도 하늘만큼 마음을 넓고 파랗게 가져야지
포근하고 부드럽고 달콤한 솜사탕을 많이 먹을 수 있게
그리고 많이 만들어 사람들과 공짜로 나눠 먹을 수 있게
솜사탕 생각만으로도 기분 좋은 아침이다
오랜만의 상쾌한 아침이 참 좋다.

하얀 숲의 영혼

그곳 골짝엔 하얀 눈 소복이 쌓여 있고
쌓인 눈 위로 높고 높게 솟아
해맑은 영혼으로 말갛게 미소 지으며
꼭 안아 달라고 하는 것 같아
포근히 안아 주었습니다

살갗에 스치는 바람결 느끼지 못하는데
자작나무 얇은 그 껍질 명주실처럼 살랑거려
그곳에서 명주 베틀에 앉아 있는
한 여인을 보았습니다

봄 햇살처럼 따듯하고 온유했던 그 사람의 숨결
하얀 영혼 뒤에 숨어 나를 부르고
나는 어느새 그에게 다가가
그 품에 안겨 있었습니다

설렘으로 뛰는 심장 살며시 그 숨결에 포개어 얹으니
얼음장 같던 마음 사르르 녹아내리고
깊은 곳에서 뱉어지는 한마디
그리웠고 보고 싶었습니다.

제목 : 하얀 숲의 영혼
시낭송 : 장화순
스마트폰으로 QR 코드를 스캔하면
시낭송을 감상할 수 있습니다

94

고귀함

희망을 품었습니다
소망을 담았습니다
사랑을 안았습니다

희망을 드리려 합니다
소망을 드리려 합니다
사랑을 드리려 합니다

행복을 드렸습니다
웃음을 드렸습니다
사랑을 드렸습니다

잠시 피었다 가는 몸
다소곳이 두 손 모아
고귀함을 드리려 합니다.

고백

새벽이슬 머금은 들녘 붉은 꽃잎에
아침 햇살 다가와 애무를 하며
사랑 고백을 한다

밤새 외로움에 떨다 지쳐 주저앉은
창백한 입술의 낮 달님은
촉촉이 달콤한 키스를 원한다

수정과 같이 빛나는 그 눈
폭포수 같은 맑은 눈물 흐른 자리마다
사랑, 사랑이라고 고백한다.

광목 앞치마

세 분 냄새 풍기며 하얗게 바래진 광목
치렁치렁 널려 춤추는 빨랫줄이 있던
초가집 마당 찾을 수 없어 그리움이다

제집이라도 되는 양 바지랑대 끝
고추잠자리 날갯짓에 나른한 햇살 하품을 하고
바래진 광목 위 호랑나비 날갯짓 그리움이다

광목 앞치마에 비녀 머리 새댁 두레박 끌어올리는
겨드랑이 살빛 복사꽃처럼 눈부시게 곱고
물안개 서리꽃 피우던 우물가가 그리움이다.

제목 : 광목 앞치마
시낭송 : 장화순
스마트폰으로 QR 코드를 스캔하면
시낭송을 감상할 수 있습니다

구름 꽃

"와 ~ 구름 꽃이다. 왜 이렇게 많아
그런데 넌 왜 여기 있어 구름 꽃은 하늘에 있어야지
내가 하늘로 보내줄까"

흐드러지게 맺은 민들레 씨앗을 보며
아이는 잔디 위에 납작 엎드리며 말한다
후 ~ 후 ~ 아이는 작은 입술을
내밀어 힘껏 입바람을 분다

날아오른다. 훨훨 흰나비가 되어
"하얀 구름과 친구가 되어야 해"
아이는 돌아누우며 날아가는 꽃씨를 본다
해맑은 아이의 까만 눈동자에는 하늘 호수가 있다

호수가 된 눈동자는
윤슬의 물결처럼 일렁이며 반짝이고
사월의 해님도 아이 곁에 누워 하늘을 보며 웃는다
나도 아이 곁에 누워 어디서든 곱게 꽃피우길 빌어본다.

그것은

가진 것 모두를 시나브로 내려놓고
빈손으로 빈 마음으로 빈 몸으로
무념무상 무색으로 있는 듯
욕심도 이기심도 없는
오직 배려만 있어 성스러운 존재인 듯

그러나

알지 못하는 그곳에서
알지 못하게 새로운 꿈을 꾸고
알지 못하게 내일을 준비하고
알지 못하게 가슴을 채워가며
아닌 듯 욕심을 부리는 그것

모두를 버린 듯한 겨울 지신(地神)
더 많은 꿈을 꾸며 내일을 준비하고 있는
지신(志申)이다.

꽃등

여인의 마음이듯
싸리문 옆 목련 가지마다
소복이 하얀 꽃등 불 밝히면

보랏빛 저고리 고름 손에 쥐고
미세한 흔들림의 눈빛
굽은 신작로에 머문다

뒤란 장독대 옆 노란 개나리
수줍은 손짓에
분홍 두견화도 흔들리고

꽃무늬 창호지 문살 넘어
등잔 불꽃 흔들리면
애잔한 꽃등 기다림의 밤이다.

제목 : 꽃등
시낭송 : 장화순
스마트폰으로 QR 코드를 스캔하면
시낭송을 감상할 수 있습니다

덕유산 안개 강

눈안개로 덮어진 산
맑고 깨끗한 하얀 나라
능선도 계곡도 없는 것처럼

눈안개 몽환 속으로 빨려간다
알 수 없는 무엇인가에 홀리듯
백색 나신이 되어

상고대 하얗게 핀 가지에
나신을 걸쳐 놓고
눈안개로 가슴을 씻어낸다

가슴을 씻어 내고 나면

만지도 여명

그곳 새벽 별빛은 초롱 했다
밤새 바다 윤슬 속삭임에 빠져
하얗게 밤새운 하현 눈썹달은
코앞 산을 넘지 못하고
실눈으로 여명을 맞고 있다

동트는 아침 햇살은 바다가 아닌
산마루 나뭇가지에 걸터앉아
아침 바다 물결 설레게 하고
낚시꾼은 여명의 빛을 낚싯바늘에 꿰어
월척을 꿈꾸며 바다로 간다

명주 치마

어머니의 옥색 명주 치마
하늘로 날아갔나 보다

끝없는 명주 치맛자락
자유로운 뭉게구름 영혼
조화로운 환상의 세계

영원한 원앙의 사랑
세상 어디에도 없는
하얀 구름 조각들

옥색 치마에 밑그림 그렸으니
맘껏 영혼의 색 입혀 보라 파랗게 웃고 있다
어머니의 옥색 명주 치마는

無言

자신이 누구인지
어떤 형태인지
그림자마저도 보여주지 않고
무언의 계율로 다그치는
그것은 무엇인가

알 수 없는 그것을 따라
걷고 걸어온 곳
그곳이 여기다
그런데
나는 무엇으로 남아 있는가?

비밀의 정원

비밀의 정원이 펼쳐졌다
나도 모르는 사이 내 안에

사랑하는 속내 보이기에 부끄러워
살며시 보랏빛을 담아
안개 자욱한 비밀의 정원에서
그대를 위해 피우려 합니다

호젓한 길 걸을 때 고운 향 가슴에 닿으면
나 거기 피었으니
그대여 나를 거두어 가소서
오직 따뜻한 그 마음으로만 임이시여

청초하게 봉오리 진 속내 오직
그대만을 향해 피웠습니다.

제목 : 비밀의 정원
시낭송 : 장화순
스마트폰으로 QR 코드를 스캔하면
시낭송을 감상할 수 있습니다

사랑이어라

겨우내 가지마다
대롱대롱 달려 있던
찬바람의 음영
털어내려 해도 털어지지 않아
기다림의 시간은 길었고

어느 한날 명주바람 불어오고
봄비는 마법의 는개 비로 와
우수수 떨어져 나간 음영
웅크렸던 가슴 가슴들 화르르 펴
온 산 붉게 물들인 두견화

섬섬옥수 맺은 고려산 두견화는
참고 참다 터트린 정염의 가슴이고
아프고 아파서 터트린 화신의 순결
수줍게 피운 사랑이어라

어화둥둥 사랑이어라
어화둥둥 사랑이어라.

사회적 거리

참 바보가 되었다 만물의 영장이
보이지 않는 미생물에 휘둘려
사회적 거리란 단어를 만들어 냈다

너와 나 마음에 틈이 생긴 것도 아닌데
의식적인 듯 무의식적인 듯
거리를 두어 경계를 한다

보이지 않는 코로나19를
동녘의 말간 햇살로 깨끗이 씻어내고
아름다운 꽃잎 흩뿌려진 곳에서 우리 만나고 싶다

미생물의 횡포로 조마조마한 가슴들
유리알처럼 투명한 우리가 되어
꽃향기 가득한 분홍 립스틱 곱게 바르고 포옹하고 싶다

서로의 마음과 마음을
가슴과 가슴을

쓴 술 한잔을 부른다

그 아무렇지도 않다던 사연 하나
다시는 펴지 않으리라
꼬깃꼬깃 구겨 가슴 밑바닥 깊은 곳에
처박아둔 사연 하나
가슴을 후려치며
쓴 술 한잔을 부른다

그 아무렇지도 않다던 사연 하나
지게에 잔뜩 얹은 짐의 무게에
더딘 농부의 걸음처럼
쏟아지는 비바람 속으로
터덜터덜 가는 모르는 사람의
젖은 등줄기 흐르는 빗물이
쓴 술 한잔을 부른다

그 아무렇지도 않다던 사연 하나가

야위어 가는 너

난 바삭바삭 속으로 타들어 간다
자꾸만 자꾸만 야위어 가는 너를 보며
이유를 묻지만 넌 대답하지 않는다

이대로 보낼 수 없다
아직은 뜨거운 내 가슴이 남아 있다고
아직은 너를 사랑한다 애원도 해본다

야윈 은행잎 하느작하느작 고향을 찾고
바람은 겨울을 낚아채 품어 안고
서걱거리는 갈대숲으로 파고든다.

양철 지붕 담장에 기대어

양철 지붕의 요란한 빗소리
올망졸망 자식들 해맑은
웃음소리였을까

감자도 삶아질 것 같이 뜨겁던
양철 지붕의 열기는 자식을 향한
어버이의 뜨거운 사랑이었을까

찌그러진 양철 지붕 아래
어버이 삶이었던 지게가
붉은 흙벽에 기대어 곤한 잠에 취해 있다

헤진 등받이 지게를 살며시 어루만져 본다
어버이의 심장이 힘겨워 흔들리고 있다
어버이의 삶이 헐벗고 있다

그러나 그것은
꿈과 행복이 있던 날들이었다고
어버이의 삶과 꿈은 자식이 있어 있는 것이라고

그리고 그것은

어떤 맛일까

빗소리 귓가에 파고들어 새벽잠을 깨운다

밤새 비에 젖어 떠돌았을
추억으로 묻어둔 사랑

쏟아지는 빗속을 뛰어
느티나무 아래로 뛰어든 두 눈빛

순간 마주친 떨림의 빛
속눈썹 끝에 맺힌 눈물 같은 빗방울
그 빗방울은 기어이 눈물이 되었다

눈물이 되어버린 빗방울
맑디맑은 자수정 잔에 받아
떨림의 빛을 섞으면 어떤 빛이 될까

그 빛의 맛은 어떤 맛이었을까
맛은 있었을까?

오월

푸른 오월이 당신과 나를 부릅니다
비록 꽃향기 같은 부드러움은 아니어도
상큼한 초록 향기가
상글상글한 초록 미소로 부릅니다

사랑하는 임이시어
우리 오월의 초원에서 만나요
그대의 초록빛 마음과
아직은 수줍은 금계국 노란 마음으로
당신과 걷고 싶답니다

설렘으로 행복한 우리의 사랑
오래도록 기억에 남을 사랑을 위하여
오래도록 가슴 따듯할 사랑을 위하여
우리 오월의 초원에서 만나요.

왜 하필

결혼 생활에 3차선을 주고
한 차선에 20년의 나이를 주어 본다
지금 난 몇 차선에 서 있는지 생각하고 싶진 않다

1차선은 어떻게 살아왔는지 모른다
풍전등화 그것이 1차선의 삶이었다
내 길이 아니라고 애써 외면하고 싶은 차선이었다

2차선 그 길 역시 아득히 먼 길이었다
까마득히 한 치 앞을 볼 수 없는
천 길 낭떠러지 길에 매달렸었지만 흔들릴 수 없었다

3차선 시작점을 넘어섰다
살아온 세월에 혹사한 몸 삐걱거리는 것은 당연지사
달래며 살아야 하리라 스스로 마음을 녹여본다

그것이 삶이었으니 그러나 지금은
조금 흔들려도 괜찮을 것 같다는 생각
아주 조금은 흔들리며 살고 싶기도 하다.

주전자

장독대 항아리에 떨어진 빗방울
파편 되어 이슬로 사라지는 날
찌그러지고 빛바랜 우리네 아버지의 주전자
처마 끝 빗물 소리로 가득 채우고

잘 익은 묵은지 한 가닥 쭉 찢어 들고
하얀 밥사발 막걸릿잔 은쟁반 옥구슬
작은 속삭임의 소리로 채워 마시는
목 넘김의 환호성

빗소리로 구워진 뜨거운 김치전 한 젓가락에
막걸리 한잔 꿀꺽꿀꺽 목 넘김 소리가 기분 좋을 것 같은
생각은
밤새 뒤척이며 잠 설친 휑한 마음의 소리인가
쏟아지는 빗소리에 소환되는 그리움인가?

제목 : 주전자
시낭송 : 최명자
스마트폰으로 QR 코드를 스캔하면
시낭송을 감상할 수 있습니다

114

찔레

배고픈 설움을 안고
순정을 위해
온화함으로 피었습니다

누구든 내게 오면
가슴으로 안아 주겠다
해맑은 미소로 웃었습니다

오월이며 손잡고 나란히
찔레순 꺾으러 오던
아이들이 보고파 피었습니다

먼 훗날을 위해 작고 작은
새까만 손가락 걸던
그 사랑을 위해 피었습니다

아
작은 새끼손가락 걸고 맹세하던
하얀 찔레꽃 순정이여
하얀 찔레꽃 사랑이여.

촛대 하나 세웠습니다

나 살아가는 길에
간절한 소망 하나 세웠습니다
강 건너에 불던 바람 내게 불어도
거기에 휩쓸리지 않고
선하고 참된 일에만 귀 기울이고
오직 그대와 나
사랑이 헛되지 않기를 바라며
하얀 촛대 하나 세웠습니다
비록 차가운 가슴에서 흐르는 눈물이지만
뜨거운 촛불의 촛농처럼
내 하얀 눈물은 그대를 향한 사랑입니다.

테러

설날이 엊그제였는데
버들강아지 붉은 꽃잎을 보고 알았다
봄의 반란을

겨울같이 않은 겨울 탓인가
편한 것에 안주하려는 우리 때문인가
너무 이른 봄의 반란은

너무 일찍 온 봄소식 예쁜 반란이다
봄맞이해야 하겠다
이른 버들강아지 반란처럼.

폐해

으레 그러려니 했다
쉽게 만날 수 없다는 것의 아쉬움이 이렇게 클 줄 몰랐다
괜찮은 거지 전화기 너머 지인의 걱정하는 소리
이 어둠을 뛰어넘어
밝은 신종의 꽃이 피어나길 기다린다

괜찮게 잘 지내고 있었지
오랜만에 찾아뵌 아버지의 첫 마디
당신의 안위보다
자식의 안위가 더 걱정인 부모
짧을 줄 알았던 코로나19 폐해
아버지의 기다림 자꾸만 길어진다.

허상

스쳐 지나가는 바람보다
더 빠른 시간의 길목에
서성서성 맴돌며 무엇을 찾고 있었을까

쏘아 올린 꿈보다 더 먼 꿈의 꿈으로
흩뿌려져 보이지 않는 달무리 진 밤
그는 무엇을 찾고 있었을까

비틀거리며 앞으로 한 걸음 뒤로 두 걸음
혼자만의 기도 같은 흥얼거림
지나간 날의 아픔을 찾지는 않았을까?

허수아비

낡은 밀짚모자 푹 눌러쓰고
헐렁한 옷 멋진 척 걸쳐 입고
가을을 지키던 허수아비다

논바닥에서 해맑게 웃던 허수아비가
농부의 알곡을 지키던 허수아비가
도심 곳곳에서 흐느적흐느적 흐느적거린다

하늘을 날 것 같던 두 팔과 꼿꼿한 허리 어디에 누었는지
가슴에 꼬마 등 하나 품고 바람 소리 뱉어내며
영혼 없는 춤을 추고 있다

머리끝에서 발끝까지 퉁퉁 부은 몸으로
휘적휘적 휘청거리는 몸짓으로
하루 삶의 퇴근길 가쁜 숨소리처럼
영혼 없이 휘청거리며 아부를 떨고 있다.

흔들린다

젊음이라는 이름의 여름
젊음이라는 정열의 여름
젊음이라는 열정을 앞세워
여름의 시작을 알리며
멋들어지게 흔들린다 유월이

포효하던 6월의 상처
영원히 잊을 수 없겠지만
아니 잊어서 안 되지만
짙어지는 푸르름은 상처를 매만지며
멋들어지게 흔들린다 유월이.

흰여울 마을

어머니의 어머니 또 그 어머니의 전설
심해의 깊이만큼이나 켜켜이 쌓인 삶의 질곡
쪽빛 바다 위 맴돌아 가끔은 태풍에 얹어
그 마음 달래려 폭풍의 눈물 쏟아내고

갯바위마다 이름 붙여 놀던 벌거숭이 꼬마들
반백의 초로 되어 찾은 고향 흰여울 마을
지금도 남아 있는 낡은 슬레이트 지붕은
기억 저편에 묻어둔 것들을 어름어름
푸슬푸슬 쏟아내 눈앞이 아른거리고

방학 끝난 교실 듬성듬성 빈 의자와 책상의 의미는
배고픔 잊으려 자맥질하다 지친 흔적이었고
건너편 동네를 헤엄쳐서 건너겠다는
철없는 객기의 흔적이었다고
반백의 초로 신화처럼 말하네

인고의 삶의 흔적 오래도록 간직해야 할 그 숨결
무지갯빛 피아노 계단에 음률로 노래하게 하고
밝아오는 여명의 빛처럼 새 희망을 꿈꾸는
흰여울 마을 비탈진 골목과 쪽빛 바다 전설은
오래도록 신화로 남으리라.

제목 : 흰여울 마을
시낭송 : 장화순
스마트폰으로 QR 코드를 스캔하면
시낭송을 감상할 수 있습니다

123

수난(水難)

하늘이 평화롭다
지난 몇 날의 노도는 없었다는 듯

하늘이 내려앉기라도 할 듯
하늘의 발악인 듯 쏟아붓던
장맛비가 언제 있었냐는 듯

보트를 타고 구조 활동을 하는 일은
먼 남의 나라 일이라 생각했는데
그러나 내 이웃의 일이 되었다

아파트 단지도 역류하는 빗물에
어이없는 인명피해
없으면 안 되는 물
많은 곳의 대한민국이 흙탕물 호수가 되어 있었다

허리 위까지 차오른 빗물에
보트를 밀고 다니며 사람을 구조하는 황당한 모습
옆 아파트 지하 주차장에 고인 빗물은
3~4일 밤낮 발전기를 가동해 물을 품어 내기도 했다.

이상한 선상 카페

쇠고리를 계단처럼 달고 서 있는 선상 등대가
카페의 주인인 듯 우뚝 서 있는 곳
아늑한 분위기도 화려하고 고풍스런 장식도
은은한 카페 음악도 없는 선상 카페가 번성 중이다

카페 초록 바닥은 햇빛으로 달구어져 찜질방이고
둔탁한 뱃고동 소리 망망대해로 울려 퍼지며
페리호가 쏟아내는 뱃머리 물거품 매화밭처럼 하얗고
어부의 삶의 터전인 부표가 꽃처럼 피어있는
배경 삼아 멋스런 선상 카페가 잠시 운영 중이다

그런데 이 선상 카페는 쌉쌀한 아메리카 커피도
달콤한 믹스 커피도 산뜻한 레몬차도 팔지 않고
하얀 전통 곡주 차와 노랗고 맑은 곡주 차만을 무상으로 제공하며
전통 곡주 차에는 도란도란 지난 이야기를 담아 제공하고
노랗고 맑은 곡주 차에는 미래 지향적 꿈을 담아 제공한다

따뜻한 인정과 사람과 사람 사이를 돈독하게 하는
이 선상 카페는 잠시 뒤 폐업하겠지만
사람 냄새 물씬 풍기는 카페의 이야기들은
오래도록 기억에 남아 있을 것이다

태동

희망은 저절로 주어지는 것일까
2024년 봄 설렘 가득 희망과 꿈을 안고
또 다른 나의 길을 시작한다

낮에는 삶의 현장 밤에는 만학의 길 4년
그리고 꿈결인 듯 문헌 정보 씨앗
내 손안에 거머쥐었다

거머쥔 씨앗 발아하여
봉우리 맺고 꽃 피우는 것은
오로지 나의 몫이다

손안에 거머쥔 씨앗 꽃 피우기까지
짙은 안개 속에서 헤맬 때도 있을 것이고
내던지고 싶은 충동을 느낄 때도 있을 것이다

화려하지 않은 은은함과 고고함으로
문헌 정보라는 꽃을 활짝 피우고 싶다
땅속 깊은 곳에서 태동하는 봄처럼 말이다.

제목 : 태동
시낭송 : 장화순
스마트폰으로 QR 코드를 스캔하면
시낭송을 감상할 수 있습니다

하얀 그리움이 되리라

호숫가 서늘한 바람 머리칼 스치며 하는 말
오늘 그대들 가벼운 발걸음과 설레는 마음은
바람도 하얀 그리움으로 남을 것이라 말한다

작품 하나로 세 개의 작품을 만들고
만든 작품을 기꺼이 파란 하늘로
자유롭게 띄워 보낼 줄 아는 여인과 여인의 마음이 예쁘다

호수의 깊이만큼 하늘의 넓이만큼
사랑의 마음을 가진 그대들은 기꺼이
아름다운 만추의 가을을 만들어 가리라 한다.

일흔둘의 고백

장화순 제2시집

2024년 12월 2일 초판 1쇄
2024년 12월 4일 발행
지 은 이 : 장화순
펴 낸 이 : 김락호
디자인 편집 : 이은희
기 획 : 시사랑음악사랑
연 락 처 : 1899-1341
홈페이지 주소 : www.poemmusic.net
E-Mail : poemarts@hanmail.net

정가 : 10,000원
ISBN : 979-11-6284-572-1